감자. 햇볕. 몽롱한.

이 기성

사라진 재의 아이

이기성

사라진 재의 아이

이기성

PIN

003

차례

PIN

003

사라진 재의 아이

이기성

시

청춘

우리가 본 그 새는 조금 뚱뚱하고 우울증을 앓고 있었다. 틀림없이 노란 갈퀴를 물 밑에 숨기고 있었을 것이다. 그것은 흔들리는 물결을 닮은 발가락을 가지고 있었을 것이다. 고집스럽게 둥그런 눈을 뜨고 우리가 떠나기를 기다리고 있었다. 소낙비처럼 우리는 강을 건넜다. 황량한 들판을 내달렸다. 우리는 검은 술에 취하고 머리가 헝클어지고 늙은 사람이 되었다. 오래된 집의 문을 열었을 때 식탁 위에 앉아 있는 새를 보았다. 우리는 결국 그 새를 슬픔이라 부르기로 했다.

감자를 보는 것

당신은 감자를 보고 있는 것. 작고 둥글고 움푹 팬 자리마다 검은 싹이 나는 것. 뭉툭하게 잘린 발처럼 썩어가는 것. 당신은 물끄러미 감자를 보는 것. 고아처럼 희고 딱딱한 감자. 꿈속처럼 몽롱한 감자. 한없이 감자를 보는 것. 당신은 멈추지 않는 것. 그러다 문득 목이 메는 것. 햇빛이 손끝에서 식어가는 것. 식당의 내부가 완전히 어두워지는 것. 당신은 더 이상 살아 있는 사람이 아닌 것.

후회

오후는 조약돌처럼 선명하고 눈물과 구름 따위는 없다. 그저 파란 풀과 네가 사라진 골목이 있다. 첨벙거리는 아이와 늙은 여자의 하품이 있다. 아이는 커다란 검은 우산을 쓰고 걸어간다. 아이는 오래전에 비가 그친 것을 모른다. 웅덩이에 고인 그림자를 물끄러미 들여다본다. 너의 감은 눈처럼 움푹한 웅덩이. 풀처럼 휘어진 여자의 하품이 끝나가고 있다. 혓바닥에 돌멩이보다 단단한 후회가 굴러다닌다.

겨울의 시

어쩌다가 길에 떨어진 돌멩이를 주웠나

어쩌다가 우리는 종이를 읽고 백지 위에서 길을
잃었나

우리는 어쩌다가 겨울 속으로 들어왔나 빠져나
가지 못하고 좁은 골목을 빙빙 도는가

우리는 눈물을 잃고 고양이를 잃고 어쩌다가 새
를 잃고

말을 잃고 늙은이가 되었나 늙은이의 처량한 이
빨이 되었나 그의 목에 매달린 무거운 돌이 되었나

따귀

거울의 저편에서 왈칵, 쏟아진 것이다. 끓어오르는 한낮의 거리에 서 있는 것이다. 군중들의 뺨에 붉은 잎이 스치는 것이다. 투명한 소음의 한가운데서 뚝 끊어지는 것이다. 차가운 별이 회전하는 것이다. 절뚝이는 사내가 다리를 질질 끌며 기어이 종로 5가를 관통하는 것이다. 부풀어 오른 뺨의 저쪽이 고요히 사라지는 것이다. 정오의 백치처럼 흰 웃음을 터뜨리는 것이다.

개와 여덟 개의 감정

꽃이 피지 않았다. 개는 오는가. 언제 오는가. 우리는 돌멩이를 던졌고, 햇빛이 골목의 그림자를 거두어 갈 무렵에는 발이 차가워졌다. 개는 오는가. 수북한 돌멩이 위에 하나를 더 쌓으면서 우리는 하나 둘 그리고 여덟, 숫자를 세는 일이 계속되었다. 우리는 어쩌면 개를 기다렸고, 골목에서 서로를 미칠 듯이 그리워하는 감정을 갖게 되지만, 네가 개가 되었니? 묻지는 않았다. 꽃이 피었다. 무료한 꽃이 피어도 개는 오는가. 결국 오는가. 우리는 돌멩이를 하나 던졌고, 돌멩이가 멈춘 곳에서 나는 검고 긴 혀를 빼물고,

생일

늙은 여자들은 몇 살이나 될까
검은 연필을 입에 물고 너는 하품을 한다

하루가 길고
늙은 여자들은 잠잠해지지 않고
여자들의 입과 긴 목은 완성되지 않는다

침을 흘리는 여자들에게 커다란 입술을 그려줄까
울부짖는 입속에 노란 사탕을 넣어줄까

흔들리는 촛불처럼
침묵의 케이크를 들고 너는 망설인다

지구의 숨소리가 고요해질 때까지
부글거리는 검은 솥을 영원히 휘젓는 노파처럼

어두운 부엌을 가득 채운

잿빛 그림자 넓게 펼쳐져 하얀 공책을 덮는다

늙은 여자들은 몇 살이나 될까, 문득

검은 이빨이 덜컹거리고 케이크가 시체처럼 녹

아내린다

연인들

하얀 기름 덩이 옆에 붙어 있는 건, 너의 불안이다. 발끝을 툭툭 차면서 고기를 씹었다. 처음 씹는 것처럼 목이 메어, 너는 작게 말했다. 무엇인지, 달군 불판에서 지글거리는 저것은. 옆에서 노인들이 그걸 집어 먹으면서 기침을 뱉었다. 검은 글자처럼 타버린 것들이 굴러다니고, 퍼런 힘줄 툭 튀어나온 마른 손이 그걸 자꾸 집어 먹었다. 벗어놓은 낡은 목장갑 플라스틱 의자에 놓여 있다. 오늘 나는 두 편의 시를 썼고 두 점째 고기를 먹고 있다. 너는 모른다, 쉰 목소리가 옆에서 들린다. 누구의 말인지, 눈앞에 누런 연기가 꽉 찬다. 어쩐지 추워, 너는 파란 목을 움츠린다. 고개를 푹 숙이고 나는 하얀 기름 덩이를 꿀꺽 삼켰다.

고기를 샀다

고기를 샀다. 뭉텅 잘린 것을 신문지에 둘둘 말아주었다. 서늘하고 물렁한 저녁에는 고기를, 태연한 얼굴로 신문지 깔고 앉아서 고기를 씹을 때, 핏물이 검은 바닥에 스밀 것이다. 그것은 좀 이상한 얼룩처럼 보였을 것이다. 고기를 씹으며 생각한다. 휘어진 갈고리와 정육점 사내의 희고 통통한 손가락. 고기를 씹으며 입속에 흥건한 것이 고기인가, 고기는 어떤 고기인가 생각을 하다가, 그것은 아직 고기인가, 피 묻은 칼은 어디에 숨겼나 생각하려 애쓸 것이다. 고기를 샀다. 손에 끈적한 핏물이 말라붙기 전의 일이다.

개의 나날

어떤 길쭉한 것을 하나 주워서, 그것에 의지해서 살아가는 날이었으면 좋겠다. 그것이 무엇이든 버려진 신발짝이든 개의 목에 걸려 있던 끈이든, 개는 어디로 갔을까, 의문도 반성도 없이 그렇게. 거리에 개는 한 마리도 보이지 않고, 버려진 신발이든 개끈이든 어떤 길쭉한 것이 검은 주머니 안에는 있고. 나의 손이 만질 때마다 불길하게 부풀어 올랐다. 헛된 기대 같은 것이라고 너는 웃었지만, 그것은 발이 없는 신발 같은 것일까? 피의 냄새는 모두 어디로 갔을까? 검은 주머니는 점점 부풀고 날씨가 맑고 개들은 많았다.

꿈과 같기를

옥상에서는 별들이 보이지. 그런데 아래층은 더 잘 보이지. 저기 두 번째 창에는 아이가 있지. 아이는 밤새 발끝으로 서서 노래를 하지. 천장에서 뚝뚝 떨어지는 검은 물. 바닥이 흥건해지고 아이는 물고기가 되겠지. 위층의 아가씨는 속옷만 입은 채 허공에 매달려 있네. 검은 구두 옆에는 딱딱한 나무 의자. 옆집의 노인은 그 소리를 듣지 못하지. 퍼렇게 굳은 얼굴을 고양이의 뜨거운 혓바닥이 싹싹 핥고 있지. 어쩌면 꿈과 같기를, 중얼거리며 지하실 늙은 여자는 빗자루로 천장을 탕탕 치지. 죽은 쥐처럼 후두둑 머리 위로 쏟아지는 별들. 그것은 물고기의 눈물처럼 반짝이고. 그러면 누군가 하품을 하면서 말하지. 이것이 꿈과 같기를, 밤하늘 가득한 새하얀 먼지와 같기를

속죄

어쩌면 케이크를 먹고 싶구나, 달콤하고 상냥한 케이크를. 침을 흘리며 엄숙한 얼굴로 모여 있구나. 너무 커다란 입을 가졌구나. 두 손 가득 새하얀 케이크를. 그러나 밤하늘엔 폭발하는 파란 별이 없구나. 고백처럼 뜨거운 입술이 없구나. 무너진 지붕 아래 가난뱅이가 될 아이들이 케이크로 입을 틀어 막힌 채 훌쩍거리고. 미끌거리는 손가락을 무한히 빨고 싶구나. 스르르 녹는 케이크 속으로 기어 들어 가고 싶구나. 절벽처럼 황홀한 입을 가졌구나. 텅 빈 버스가 떠나는구나. 어쩌나 너는 시큼한 시체가 되었구나. 영영 이름을 잃어버렸구나. 뚱뚱한 손가락이 허공을 마구 휘젓는구나. 거대하고 창백한 케이크 속에서 무릎을 꿇고,

물의 자장가

물은 속삭인다. 너는 겨울의 냄새를 맡을 거야. 축축한 지하도에서 뒹굴던 별은 공중으로 튀어 오를 거야. 공중에서 노랗게 반짝일 거야. 늙은 연인처럼 잠든 이의 귀에 속삭인다. 너는 시멘트 벽 속에 담긴 시체가 될 거야. 사람들이 어디냐고 물으면 분홍의 내부라고 말할 거야. 혀를 길게 늘어뜨리고 심장에 고인 검은 슬픔의 냄새라고 할 거야. 젖은 손가락으로 어제의 귀를 어루만질 거야. 너의 뺨에 파랗게 번지는 얼룩 같은 중얼거림, 그것은 물의 몫이겠지만. 나는 사라지지 않을 거야. 너의 귓속에서 영원히 출렁거릴 거야.

나비

나는 소년을 보았어. 그 애가 유리문을 통과하려고 애쓰는 것을. 그건 마치 막 날개를 펴려고 애쓰는 나비와 같았지. 하지만 나비라니? 지하도의 매캐한 먼지 속에서 사람들이 매일 그 애를 밟고 지나갔어. 사람들이 지나가면 납작해진 아이는 다시 툭툭 털고 일어났지. 노란 작업복은 그 애의 교복이야. 그 애는 작은 가방에 은빛 숟가락을 넣어가지고 다녔지. 그건 나비의 자존심 같은 것이라고. 그럴 때 그 애의 얼굴에 휙 지나가는 서늘한 웃음 같은 것. 사실 그건 소년의 할머니가 물려준 것이었지. 나비야, 어린 나비야, 할머니는 소년을 그렇게 불렀을지도. 지하도의 벤치는 꿈을 꾸기 좋은 곳. 그 애가 벤치에 앉아서 신문지 쪼가리를 더듬더듬 읽을 때, 그 애의 목덜미에 하얀 먼지가 내려앉는 게 보였어. 만약 내게 손이 있다면 그 애의 옷깃을 잡아

당겼을 거야. 마지막에 그 애는 비명을 질렀지만, 그건 어떤 음악 소리보다 작았거나 너무 컸지. 너무 작거나 너무 큰 소리가 사람들의 귀를 촛농처럼 꽉 틀어막았어. 아아아, 유리문을 통과한 그 애는 정말 나비가 된 걸까. 검은 파도처럼 통로를 떠밀려 가던 사람들 멍하게 소년이 날아가는 것을 보고 있어.

접시에서

　새하얀 머리칼을 가진 밤이 더듬거리며 오는 동안 남은 것이 없었다, 나의 접시엔. 그것은 오래전부터 비어 있었고. 한밤중에 문 두드리는 사람을 환대해야 한다고, 그것이 이 집의 내력이라지만. 나는 빈 접시를 보면 슬퍼졌다. 검은 새들이 멀리서 울었다. 왜 슬픈 밤이 오는 것일까, 생각에 잠겼다. 하얀 밤이 하얗게 오는 동안 접시 위에 비친 얼굴을 보았다. 그것은 납작하고 희고 무의미한 얼굴이었다. 깨진 창문으로 달아난 영혼처럼. 검은 새들이 접시에서 울었다.

대화

귀를 막아도 너의 말이 들려. 꿀꿀. 꽥꽥. 낯선 언어를 배울 때는 동물이 되는 것일까. 꽥꽥 손톱을 물어뜯으면서 꿀꿀꿀 하품을 하면서

언어가 사라진다면 나는 어떤 꿈속에 남게 될까. 그것은 광활한 풀과 같을까. 그런 걸 물으면 안 된다고, 누군가 탁자를 쾅쾅 내리친다. 하지만 꿀꿀과 꽥꽥은 풀처럼 쑥쑥 자라고, 나는 생각한다. 내가 무엇을 말했나요?

세계의 모든 언어를 알고 있는 사람은 외로울까, 나는 계속 생각한다

그는 말을 하지 않는 사람일 것이다. 그의 혀에서 언어의 형상이 노란 꿀처럼 녹아내리면, 꿀꿀과

꽥꽥은 어디로 갈까. 귀를 틀어막으면 어떤 침묵이 나를 만들까. 풀들이 수북하고 우울하다. 나는 동물이 되었나요? 풀 속에 뜨거운 얼굴을 푹, 파묻었다.

잿빛

잿빛, 생각하면 재의 마을이 떠올라요. 그 마을엔 잿빛 여자들이 살았어요. 여자들은 커다란 드럼통에 시멘트를 반죽해서 벽돌을 만들었어요. 깨진 창문에 탁자에 낡은 접시에 잿빛이 내려앉고 하얀 팔꿈치에도 눈꺼풀에도 수북이 쌓였어요. 밤이나 낮이나 아기들은 재를 뱉어내며 울었어요. 잿빛에 대해서 생각하면, 그건 참 멀군요. 잿빛은 구름보다는 바다에 가깝기 때문일까요? 그러니 누가 알겠어요? 사라진 재의 아이를. 친구들아, 나는 자라서 재의 아이가 되었단다, 벽돌 속에서 소리쳤지만 아무도 나를 알아보지 못했어요. 나는 거대한 반죽통 속에서 천천히 잿빛이 되었어요.

멀리

멀리 간다는 것. 아침에 눈을 뜨고 커다란 자루를 메고 간다는 것. 하얀 나무들의 나라에서 점심을 먹는다는 것. 점심은 묽은 죽이 좋겠지. 따뜻하고 기분이 좋을 거야. 회색 이끼 냄새와 작은 모닥불 생각을 해보는 것. 하지만 오늘은 춥고 우리는 또 배가 고프구나. 어린 시절에는 긴 털양말을 신고 그러나 오늘은 맨발로. 거기 흰곰처럼 생긴 이상한 동물이 있다는 것. 새하얀 나무 뒤에서 툭 튀어나와 기다란 혀로 말을 걸어온다면, 츱츱츱 낯선 언어가 내 피부에 들러붙겠지. 따뜻하고 기분이 좋을 거야. 꿈속처럼 너는 지하철을 타고, 사람들은 모두 얼굴이 없다는 것. 검은 복도를 걷다가 놀라서 획 고개를 쳐들고 밤에는 혼자 거울을 본다는 것. 그런데 언제부터 눈을 뜨고 있었던 거야? 이렇게 묻지는 않는 것. 멀리, 간다는 것.

주정뱅이의 노래

　이상하구나, 거대한 구름이 외투 속으로 날 받아
주네. 늙은 나무들이 떨어지는 나를 향해 손을 흔들
어주니, 유쾌하구나. 이런, 보도블록들이 내 허름한
구두를, 찢어진 발꿈치를 어루만지니, 좋구나. 이제
나를 위해 노래 불러줄 시인이 없다는 걸 알려주듯
이, 새들은 새침하고 거미들은 분주하더니 까마귀
는 거창하고 검은 것을 마구 떨어뜨린다. 소녀가 고
개를 들고 하늘을 잠깐 본다. 검은 글자들은 왜 허공
에서 자욱하게 흩어지고 있나. 파란 눈썹이 까마득
한 촛불처럼 흔들리는, 아름답구나, 소녀는, 완성되
지 못한 얼굴을 가졌기 때문에. 밤의 둥근 어깨와 먼
나라에서 온 주정뱅이를 신기하게 쳐다보는 너는

고백

입안에 가득한 것이 아름다워서 나는 두려워진
다. 아름다움은 천사의 몫이고 빈손은 기도하는 자
의 것. 하지만 기도를 하기엔 너무 늦은 것이다. 나
의 손은 죽은 개를 만졌고, 후회의 목을 졸랐고, 슬
픔의 젖은 귀를 잡아당겼다. 어두운 골목에서 밤의
흰 얼굴을 후려치고 도망쳤다. 그러니 후회는 천사
의 것이고 두 손은 아직 나의 것. 오늘 밤 우리는 서
로의 등을 보며 한없이 멀어진다. 검은 종이 위에
아름다운 것이 태어날까봐 두렵다. 나는 허공의 부
드러운 재를 모아 너의 젖은 얼굴을 덮어준다.

PIN
003

화염의 박물관

이기성
에세이

화염의 박물관

눈을 뜬 여자가 물었다. 여기는 어디인가요? 나는 얼마나 오래 여기에 누워 있었나요? 웅웅웅 환풍기가 돌아가는 소리가 들리고 푸릇한 야간 조명이 어둑하게 내려앉고 있을 뿐. 여긴 아무도 없나요? 나는 얼마나 오랫동안 죽어 있었나요? 여자는 입속에 쌓인 흰 먼지와 회색 먼지와 자줏빛 먼지를 뱉어낸다. 아, 목이 마르군요. 내 몸 안에 모래가 가득 차 있어요. 내가 말을 할 때마다 모래들이 주르르 흘러내리고 있어요. 그건 먼 세기에서 흘러오는 꿈과 같아요.

당신은 아름다워요. 청동의 말에 올라탄 목이 없는 남자가 말했다. 오래전에 사람들은 당신의 몸에 향유를 바르고 황금의 옷을 입혀주었지요. 그러나 여자여, 지금 당신의 입술은 창백하고, 당신의 몸은 누추한 삼베에 싸여 있군요. 누렇게 말라붙은 피부, 움푹 꺼진 눈, 부스러진 손톱과 발톱들. 누군가 당신을 슬쩍 건드리면 당신은 정말로 하얀 재가 되어버릴 것 같군요. 하지만 나는 당신을 만질 수 없어요. 우리는 겨우 다섯 걸음이 떨어져 있을 뿐인데, 그건 우주의 이편과 저편처럼 아득하군요. 나로 말하자면 3백 년 동안 머리를 찾아다니는 중이랍니다. 적들이 나의 머리를 가져갔어요. 그들은 날카로운 칼로 나의 목을 베었고, 굴러떨어진 머리를 더러운 자루에 담아가지고 사라졌죠. 누런 비 쏟아지는 들판에 버려진 채 나는 목이 사라지는 것을 보았어요. 들개와 산짐승들이 몰려들었어요. 하지만 지금 나는 두꺼운 유리에 둘러싸인 채 여기에 있군요. 밤이면 황폐한 들판에서 나의 목이 굴러다니는 소리가 들려요. 피 냄새를 맡은 짐승들이 몰려들고, 잘린 목은 눈물을 흘렸을까요? 목이 없는데 나는 여기 있군요. 청동의 기사는 울음을 터뜨린다. 아, 나는 정말로 죽고 싶어요. 제발 누가 나의 죽음을 돌려줘요.

목이 없는 기사여, 한때 나는 아름다운 이마와 엉덩이와 허벅지를 가졌어요. 밤처럼 출렁이는 검은 머리카락을 가졌어요. 그러나 그것은 어둠과 벌레들의 것이 되었죠. 지금 나는 앙상한 뼈만 남은 채 누더기 삼베에 둘둘 감겨 있어요. 나의 머리에 꽂혀 있던 아름다운 보석 핀은 오래전에 도둑들이 훔쳐갔어요. 그들은 광활한 사막을 헤맨 끝에 나를 찾아냈어요. 나의 무덤을 파헤쳐 비단옷과 신발과 장신구를 훔쳤어요. 그들 중 한 남자가 오랫동안 나를 쳐다보았어요. '당신은 아직도 아름답군요.' 그는 내게 키스했어요. 그러곤 재빨리 나의 목에 걸린 목걸이를 잡아채서 사라졌어요. 나는 다시 홀로 남겨졌어요. 무덤의 천장에 뚫린 구멍으로 별들이 반짝이는 것이 보였어요. 하루 이틀…… 나는 그들을 기다렸을까요? 멀리서 별과 밤의 냄새가 흘러오고, 도굴꾼들도 오지 않은 지 오래예요. 검푸른 하늘에서 별들이 모래처럼 주르르 쏟아져요. 별과 밤의 냄새가 나는 키스.

도둑들은 아름다운 옷과 보석을 가져갔지만, 나의 심장에 담긴 금강석만은 찾지 못했어요. 내게 키스한 도둑이 돌아온다면 나는 심장 속의 금강석을 내주려고 했어요. 하지만 그는 동료의 칼에 찔린 채 사막의 한가운데서 죽었죠. 그의 몸에서 흘러나온 피가 모래를 적시고 땅속 깊이 스며들었어요. 이 모든 것을 내 가슴을 갉아먹던 벌레가 말해주었어요. 검은 갑충은 내 심장의 내부를 돌아다니며, 나의 슬픔과 환멸을 모두 갉아먹고는 황금빛의 날개를 퍼덕이며 날아갔어요. 나는 무덤 속에서 눈을 뜨고 멀어지는 휘파람 소리를 들어요. 땅의 한숨과 바람과 검은 뱀이 기어가는 소리를. 꿈결인 듯 먼 곳에서 도둑 떼가 지나가는 소리가 들려요.

목이 없는 기사여. 예전에 도굴꾼이었던 기사여. 언젠가 당신이 오면 나의 심장에서 영원히 빛나는 그걸 꺼내서 보여주려고 했어요. 하지만 지금 나의 심장은 텅 비어 있고 검은 모래만 가득하군요. 당신의 적들은 당신의 목을 어디에 두었을까요? 우리의 키스는 어디로 갔을까요? 나는 여기 있는데, 당신은 없군요.

쉿! 발자국 소리가 들려요. 복도의 끝에서 경비원이 오고 있어요. 경비원은 랜턴을 들고 방마다 돌아다녀요. 늙은 경비원은 당신과 나처럼 늙었군요. 그는 겨우 60년을 살았을 뿐인데, 수천 년의 슬픔을 알고 있어요. 지금 경비원의 딸은 물속에 있어요. 검고 어두운 물속에서 깊이 잠이 들어 있죠. 붉은 산호들이 그녀의 머리에서 피어나기 시작하고, 지나가는 물고기들이 뾰족한 입으로 그녀를 툭툭 건드려요. 하지만 경비원의 딸은 눈을 뜨지 않고, 경비원은 딸이 두고 간 낡은 전화기를 물끄러미 보고 있어요. 그것을 귀를 대면 심해의 모래 소리만 들려와요. 경비원의 아내는 만성신부전으로 병원에 누워 있어요. 야간 근무를 마친 후에 경비원은 병원

화장실에서 얼굴을 씻은 후에 아내의 병실로 가요. 혈액 투석을 위해 굵은 바늘을 꽂은 아내의 몸을 볼 때마다 그는 슬픔으로 숨이 막히는 듯해요. 하지만 그는 아내가 그의 목을 조르고 싶어 하는 것을 알지 못해요. 그의 아내는 불면과 영양 결핍으로 누렇게 뜬 남편의 얼굴을 바라보아요. 허옇게 센 머리카락, 검은 주름이 팬 이마와 움푹한 뺨. 그녀는 벌겋게 충혈된 남편의 눈을 보며 그에게 영원한 잠을 주고 싶다고 생각해요. 하지만 그녀는 자신의 팔에 꽂힌 주사기를 뽑을 힘도 없군요. 병실을 나와 침침한 복도를 걸으며 경비원은 생각해요. 나에게 목이 하나 더 있었다면.

그래요. 그도 목이 잘린 적이 있다는 걸 나는 알아요. 처음엔 등에 모래와 벽돌을 지고 건설 현장에서 일했죠. 작업반장은 그의 등허리에서 흘러내리는 모래를 보며 혀를 찼어요. 잿빛 먼지로 덮인 시멘트 공장과 프레스 기계를 거쳐 나중에 그는 노란 조끼를 입고 밤새도록 편의점의 계산대에 서 있게 되었어요. 취객들이 들어와 술과 담배를 집어 들고 그를 노려보았죠. 그가 입은 노란 조끼는 공사장의 플라스틱 마네킹이 입었던 것과 같아요. 캄캄한 밤에 마네킹은 경광봉을 들고 상하로 흔들었어요. 비가 오나 눈이 오나 어둡거나 밝거나. 빗길에 질주하던 차가 그의 몸을 들이받을 때까지. 플라스틱 팔이 떨어져 나가고 목이 뎅강 잘릴 때까지.

결국 그는 죽은 자들을 지키는 자가 되었군요. 오전에는 그는 회색 제복을 입고 뻣뻣하게 굳은 채로 박물관의 입구에 서 있어요. 거대한 무덤을 지키는 늙고 피로한 스핑크스처럼 멍하게 죽은 자들을 응시했어요. 어느 날 그의 앞으로 노란 유치원복을 입은 아이들이 몰려와요. 아이들은 작은 새처럼 시끄럽고 순식간에 달아나버리죠. 사방으로 흩어진 아이들은 죽은 왕의 보검 뒤에, 깨어진 달항아리 파편 뒤에 숨었어요. 어떤 아이는 내 갑옷 안으로 들어오려고 버둥거리기도 했죠. 어린 보모 선생은 새끼 고양이들처럼 달아난 아이들을 찾으려다 결국 울음을 터뜨리고 말았어요. 경비원인 그가 마지막 한 명을 찾아냈을 때, 그 아이는 석기시대 옹관 속에서 잠들어 있었어요. 축축한 어둠 속에서 잠든 아이를 안고 그는 석기시대를 빠져나왔어요. 아이의 따스한 체온을 느끼면서 그는 자신이 너무 오래 살았다고 생각했어요. 옹관 속에 누워야 할 것은 정작 그 자신이었던 것이죠. 경비원의 아내는 오늘도 투석을 위해 병원에 누워 있고, 그의 딸은 물속에 있고, 그는 오늘 밤에 마지막 남은 목을 매달지도 모르죠. 적들이 목을 가져갔으니 나는 목을 매달 수 없군요.

그다음 생에 나의 남편은 시인이었어요. 그는 오래된 악기를 들고 나를 찾아왔어요. 그건 어린 염소의 내장으로 만든 악기였는데 두 개의 현이 각각 슬픔과 기쁨의 소리를 만들어냈죠. 우리는 함께 손을 잡고 동굴 속을 걸었어요. 아, 그날 남편이 뒤를 돌아보았다면 나는 그의 손을 놓고 다시 어둠 속으로 돌아갈 수 있었을까요? 그러나 나의 남편은 오직 자신의 노랫소리에 취한 채 나의 손을 잡고 걸었어요. 결국 나는 햇빛 속에서 쪼그라든 노파가 되어, 그의 등에 업힌 채 살아가게 되었죠. 남편의 노래는 점점 현란해지고 사람들은 환호를 보냈어요. 남편이 시장에서 노래를 하면 군중들은 그의 아름다운 목소리에 눈물을 흘렸어요. 하지만 나에겐 차가운 맨발뿐. 어느 날 나는 남편의 노래를 훔쳐내었어요. 그리고 시장으로 달려갔지요. 그건 황금 덩어리처럼 찬란했으나, 내 손에서 멀어지자 금세 돌덩어리로 변하고 말았어요. 상인들은 욕하면서 나를 때렸어요. 나는 시장에서 구걸을 하다가 거리의 미친 여자로 죽었어요.

내가 시장통의 늙은 거지가 되어 살아 있을 적에 남편이 그 거리를 지나간 적이 있었어요. 그는 처음에 나를 알아보지 못했어요. 환호하는 여인들에게 둘러싸인 남편은 비단옷을 입고 손에는 보석으로 치장을 하고 하얀 슬리퍼를 신고 있었어요. 나는 그의 발 앞에 엎드렸어요. 그리고 간절하게, 이 가난한 여인에게 빵을, 빵을! 하고 소리쳤어요. 노래를 멈춘 남편은 나를 일으켜 세우고 나의 눈을 오래 들여다보았어요. '여인이여, 당신에게 사랑의 노래가 필요하군요.' 그는 메말라 터진 나의 허연 입술을 보면서 노래를 불렀어요. 거리에 환호가 메아리 쳤고 남편은 뒤돌아보지 않고 떠났어요. 그날 이후 나는 구걸을 멈추었어요. 내가 죽었을 때 시장의 상인들은 나를 거적으로 둘둘 말아서 들판에 내다 버렸어요. 그건 나에게 걸맞은 최후였을지도 몰라요. 남편의 시는 천년 동안 사람들의 입술을 적셔주었지만, 그가 사랑했던 나의 입술은 메마른 먼지가 되어서 곧 부서질 듯하군요.

어쩌면 다음 생에 나는 경비원의 아내가 되어, 빈민들을 위한 병원 한구석에 누워 있을지도 몰라요. 나는 물속에 있는 딸을 생각하며 울었지만 남편을 위해서 울지는 않았어요. 그는 착하고 순결하지만, 그것은 이 세상에서 가장 무의미한 것이었죠. 그는 강아지풀, 깨진 유리 조각, 구식 전화기, 찢어진 편지들, 누군가 내다 버린 오래된 거울을 주워 왔어요. 그러니 어느 날 남편이 검은 가방 속에 죽은 자의 머리를 담아 왔대도 나는 놀라지 않았을 거예요. 그는 눈구멍이 커다랗게 뚫리고 코가 떨어져 나간 그 유골이 자신의 먼 조상의 것이라고 말했어요. 나는 남편의 말을 대부분 믿었지만, 그날은 화가 치밀었어요. 내가 그의 가방을 빼앗아 던져버리자 밖으로 튀어나온 유골이 텅텅 계단 아래로 굴러떨어졌어요. 그것은 하염없이 굴러서 무한한 밤 속으로 사라졌어요. 유골을 잃은 남편은 서글프게 울었어요. 그건 남편의 잘못이 아니지만, 나는 증오할 대상이 없었으므로 남편을 미워해야만 했어요. 어린 시절 나를 굶기고 매질하던 부모를 미워할 수는 없었으니까요. 누렇게 뜬 그의 얼굴을 볼 때마다 나의 가슴엔 슬픔과 절망이 회오리쳐요. 그가 내 손을 잡고 울 때 나는 정말로 그의 목을 조르고 싶어요. 고달픈 노동과 슬픔과 악몽으로 점철된 그의 생애. 나는 그가 평생 처음으로 꿈 없는 깊은 잠에 빠지기를, 간절히 원해요. 아, 그에 대한 나의 사랑을 그가 알 수 있을까요? 그의 차가운 얼굴에 입을 맞춘 후, 나는 혈관에 꽂힌 바늘을 빼놓고 멀리 걸어갈 거예요. 나의 피는 검고 탁해지고 오물처럼 찐득해지겠지요. 나는 금세 숨을 헐떡이고 사지는 누렇게 팽창할 거예요. 지금 나의 딸은 물속에 있어요. 내가 죽으면 나는 폭풍이 되어 잠든 그 애를 흔들 거예요. 그 애를 떠오르게 할 거예요.

순찰을 마친 경비원은 담배를 피우기 위해 성냥을 그었다. 하지만 성냥이라니? 오래전에도 성냥불을 켠 여자애가 있었지. 그 애는 불꽃 속에서 환상을 보았어. 하지만 전혀 따뜻해지지 않았지. 이야기 속에서나 현실에서나 성냥은 추위를 녹여주지는 못하는구나. 경비원은 성냥갑의 검은 표면에 은색 조각배가 그려져 있는 것을 본다. 배는 세상의 너머로 하염없이 나아가고 있는 것처럼 보였다. 그는 그 배에 자신의 딸이 타고 있을지도 모른다고 생각한다. 아래쪽에는 작은 글씨로 '당신의 슬픔이 어디에 도착할지 알려드립니다'라고 쓰여 있었다. 전화기를 들고 성냥갑에 찍혀 있는 번호를 누른다면, 그는 자신의 슬픔이 언제 끝날지 알게 될까? 그는 한숨을 내쉬면서 그걸 작업복 주머니에 집어넣었다.

나는 여기 머물러야 했을까요?

희미한 조명 속에 빛나는 왕의 보검과 천년 동안 주인 없는 신발과 나무로 만든 부처와 깨어진 밥그릇 사이에서 죽은 자로서. 영원한 그림자로서.

아, 이상하게 뜨겁군요.

나의 텅 빈 심장이 녹아내릴 것 같아요.

미라가 된 여자와 목 없는 기사는 서로를 끌어안았다. 그리고 화염 속에서 천천히 녹아내렸다.

도시의 사람들은 그날 밤을 기억한다. 소방차와 경찰차와 기자들이 몰려들었다. 하지만 타오르는 화염의 의지를 막을 수는 없었다. 자다 깬 사람들은 텔레비전 화면에서 박물관이 불타는 것을 멍하게 보았다. 그것은 도시의 오래된 성문이 녹아내릴 때처럼 뜨거운 화염이었다. 열두 시간을 타고 마침내 잿더미가 되었을 때, 사람들은 텔레비전을 끄고 물을 한 잔 마신 다음 다시 잠이 들었다. 다음 날 도시의 가난한 시인은 거대한 잿더미 속에서 뒹구는 검게 그을린 머리를 발견하였다.

부기 : 나는 그녀를 보기 위해서 그 도시의 박물관에 가곤 했다. 내가 알기로 그녀는 수십 년 동안 그곳에 있었고, 내가 태어나기 전부터 거기에 있었을 것이다. 누런 삼베에 감싸인 그녀는 곧 잠에서 깨어날 듯하고, 어쩌면 굳게 잠긴 잠의 저편에서 나를 바라보고 있을지도 모른다. 플라스틱 관 옆에 나무 조각이 붙어 있다. '사막의 무녀'. 이것이 그녀의 이름이다.

사라진 재의 아이

지은이 이기성
펴낸이 김영정

초판 1쇄 펴낸날 2018년 3월 5일

펴낸곳 (주) 현대문학
등록번호 제1-452호
주소 06532 서울시 서초구 신반포로 321(잠원동, 미래엔)
전화 02-2017-0280
팩스 02-516-5433
홈페이지 www.hdmh.co.kr

ISBN 978-89-7275-875-4 03810
      978-89-7275-872-3 (세트)

* 책값은 뒤표지에 있습니다.